AF463358

A CHAILLOT

REVUE JUDICIAIRE DE 1885

EN UNE AUDIENCE

PAR

CHARLES P***

REPRÉSENTÉE POUR LA PREMIÈRE FOIS

LA VEILLE DU 1er AVRIL 1886

CHEZ Mme CHARLES PERIER

PARIS

IMPRIMÉ PAR HENRI NOAILLES

2, PLACE DU CAIRE, 2

1886

A CHAILLOT

REVUE

en 1 Audience

✦

A CHAILLOT

REVUE JUDICIAIRE DE 1885

EN UNE AUDIENCE

PAR

CHARLES P***

REPRÉSENTÉE POUR LA PREMIÈRE FOIS

LA VEILLE DU 1er AVRIL 1886

CHEZ Mme CHARLES PERIER

PARIS

IMPRIMÉ PAR HENRI NOAILLES

2, PLACE DU CAIRE, 2

PERSONNAGES :

L'AVOCATE.	Mme Court.
VICTOIRE	Mme Flottes.
LA PORTE SAINT-DENIS	Mme Flottes.
LA DAME DE NANTERRE	Mme Merite.
CHIMÈNE.	Charles Perier.
Les Députés : GILET DE L'AISNE . .	De Bonfils.
DOUBLEHURE DE LA MANCHE . .	De Bonfils.
POLICHINELLE.	Charles Perier.
LE SECRÉTAIRE DE M. LOYAL. . .	De Bonfils.
DUTREMPLIN.	Lucien Lecomte.
POTACOL.	De Bonfils.
LE ROI DE BAVIÈRE.	Merite.
LE CID	Lucien Lecomte.
LE CLOWN.	De Bonfils.
LE PONT-NEUF.	Charles Perier.

A CHAILLOT

Dans le Cabinet d'un Avocat. — Bureau, Livres de Droit, etc.

SCÈNE PREMIÈRE

L'AVOCATE, LE SECRÉTAIRE DE M. LOYAL

L'AVOCATE, en robe d'Avocat.

Oui, Monsieur, le gouvernement qui est un gouverment libéral a voulu qu'après la femme médecin, il y eut la femme avocat, et il a créé une 61me charge d'avocat à la Cour de Cassation, charge qui devra toujours être occupée par une femme.

LE SECRÉTAIRE, galamment.

Jeune et jolie.

L'AVOCATE.

Naturellement. Croyez bien qu'autrement le Conseil de l'Ordre refuserait de l'admettre dans son sein. J'ai passé mes examens de droit, j'ai fait une thèse sur la pisciculture forestière en Beauce, dans les dernières années de Pépin-le-Bref. J'ai prêté serment ce matin, et je n'ai pas retiré ma robe.

LE SECRÉTAIRE, *à part.*

Je le regrette. (*Haut*) Je viens de la part de M. Loyal pour vous consulter sur une question délicate.

L'AVOCATE.

Prenez-donc la peine de vous asseoir. (*Ils s'asseyent. — L'Avocate à son bureau, le Secrétaire, en face, — un temps*). M. Loyal abandonne donc sa chambrière ?

LE SECRÉTAIRE, *scandalisé, se levant.*

Que dites-vous ? Il y avait une liaison avec sa chambrière ? Un homme si comme il faut !

L'AVOCATE.

Tous les journaux ont annoncé qu'il quittait le théâtre de ses exploits, malgré les instances de M. Franconi.

LE SECRÉTAIRE, *souriant.*

Vous confondez, Madame ! Je viens de la part de M. Loyal.... de la Comédie-Française.

L'AVOCATE.

Et moi, je songeais à M. Loyal du cirque, l'un dresse des exploits, et l'autre dresse des chevaux.

LE SECRÉTAIRE

M. Loyal dresse des exploits au nom du roi.

L'AVOCATE.

Et l'autre dresse des chevaux... pour l'arène.

LE SECRÉTAIRE

Tiens, c'est un mot.

L'AVOCATE.

Maintenant, que la chose est *éclaretie,* qu'y a-t-il ?

LE SECRÉTAIRE.

Il s'agit d'un projet d'assignation.

L'AVOCATE.

Voyons celà ?... (Elle lit) Ah ! ah ! à la requête de M. Corneille....

LE SECRÉTAIRE.

M. Corneille avait autrefois pour avocat au conseil du roi, maître Jacques Goujon, mais M. Jacques Goujon est mort en 1679....

L'AVOCATE.

M. Corneille se plaint du sieur Massenet, qui a déposé de la musique le long de ses vers, contravention à l'ordonnance de Police d'août 1836.

LE SECRÉTAIRE, scandalisé.

Oser chanter le *Cid*, sur l'air du *Tra la la!*
Les vers de douze pieds, vont bien sur cet air là.

L'AVOCATE.

Prenez garde, vous faites des vers.

LE SECRÉTAIRE.

Excusez-moi, Madame.

Air du *Tra la la*

Don Diègue dit d'abord, Rodrigue, as-tu du cœur ?
Et le Cid lui répond en homme qui n'a pas peur
Tu demandes, Papa, si Rodrigue a du cœur,
Tout autre que Papa l'éprouverait sur l'heure
Sur l'air du tra là là là là.

L'AVOCATE.

Il est certain que la musique n'ajoute rien à la noblesse du poème. M. Corneille a raison, il faut qu'il *arrite* celà.

LE SECRÉTAIRE.

Je vais donc, Madame, lui porter votre bonne réponse.

(Il sort solennellement.)

L'Avocate s'asseoit à son bureau et sonne. Personne ne vient, elle resonne.

SCÈNE II

L'AVOCATE, VICTOIRE.

VICTOIRE.

Madame a sonné.

L'AVOCATE.

Certainement, Victoire.

VICTOIRE.

Madame, je rentre à l'instant, j'étais à la commission.

L'AVOCATE.

Quelle commission, Victoire ?

VICTOIRE.

Madame sait bien que le Ministre de la Guerre M. Dupétrin. (Se reprenant) Non... Boulanger....

L'AVOCATE.

C'est la même chose.

VICTOIRE.

.. se préoccupe vivement des intérêts de l'armée.

L'AVOCATE.

J'ai entendu dire celà, Victoire.

VICTOIRE.

Il a nommé une commission de 30 membres chargée d'étudier la question de la barbe dans l'armée.

L'AVOCATE, se levant.

Oui, des députés, des sénateurs, des généraux.

VICTOIRE, avec élan.

Mais non, Madame... Qu'est-ce que cela peut leur faire, aux députés, aux sénateurs, la question de la barbe; le gouvernement dans sa sagesse a nommé une commission composée de nourrices et de bonnes d'enfants,... de petites payses qui savent quels sont les désirés... ratas... de l'armée.

L'AVOCATE.

Comment dites-vous?

VICTOIRE.

Les désirés ratas de l'armée.

L'AVOCATE.

Les désidérata....

VICTOIRE.

Non, désiré rata, Madame ne sait peut-être pas ce que c'est que le rata... désidérata... ça ne veut rien dire....

L'AVOCATE.

Et qu'a-t-elle fait la commission?

VICTOIRE.

Elle a nommé plusieurs sous-commissions.

L'AVOCATE.

Naturellement.

VICTOIRE.

Une sous-commission pour les favoris, une sous-commission pour la moustache, la barbiche, le fer à cheval. Je suis présidente de la sous-commission de la moustache.

L'AVOCATE.

Ça flatte toujours d'être présidente de quelque chose.

VICTOIRE, solennelle.

Le gouvernement propose d'accorder la barbe à tous les militaires, et de la supprimer aux sapeurs, il y a assez longtemps que les sapeurs....

L'AVOCATE, interrompant.

L'idée peut-être bonne... dans deux ans, on la rendrait aux sapeurs, et on la supprimerait aux autres. Çà occupe et çà a le mérite de n'être pas méchant et de ne pas coûter cher.

VICTOIRE.

Moi, je suis chargée de faire un rapport contre la proposition du Ministre.

L'AVOCATE.

Alors, c'est le Ministre qui va être rasé.

VICTOIRE.

Je vais faire mon rapport. (Fausse sortie.)

Je dois prévenir, Madame, que son valet de chambre, Anatole, est parti.

L'AVOCATE.

Comment ! sans prévenir ?

VICTOIRE.

Madame, il a été nommé sous-préfet.

Marchandon, son ami, n'ayant pas été grâcié on a cru devoir faire quelque chose pour Anatole.

Il est parti de suite.

L'AVOCATE

Sans donner ses huit jours

VICTOIRE.

Oh ! mais, Madame, dans les sous-préfet, on ne donne pas ses huit jours.

Air de *La Belle Helène*.

Un bon jeune homme
Demande qu'on l'nomme
Sous-Préfet d'un arrondissement
Vite on dégomme
Un autre jeune homme
Qui comptait sur d'l'avancement

Car on vous nomme,
On vous dégomme
Et vous devez partir à l'instant
Et voilà comme
Un bon jeune homme (*ter*)
Éprouve du désagrément.

J'aurai peut-être quelques conseils à demander à Madame pour mon rapport.

L'AVOCATE.

Je vous aiderai, Victoire.

SCÈNE III

LES PRÉCÉDENTS, GILET ET DOUBLEHURE.

(Bruit de voix dans la coulisse.)

C'est une infamie....
Vous en êtes un autre...
La Clôture....
Vous aussi....
Aux voix....

L'AVOCATE, se levant.

Qu'est-ce que ce bruit.

VICTOIRE.

Ce doit-être le charbonnier qui se dispute avec le porteur d'eau.

GILET & DOUBLEHURE, *entrant, parlant ensemble.*

Je viens du congrès.

LA DOCTORESSE.

J'aurais dû m'en douter. Mais qui êtes vous ?

GILET

Gilet, député de l'Aisne.

L'AVOCATE.

Ah ! fort bien, M. Gilet, de l'Aisne.

DOUBLEHURE.

Doublehure, de la Manche.

L'AVOCATE.

Ah ! fort bien, Doublure de....

DOUBLEHURE.

Nous prononçons double-hure.

L'AVOCATE.

Mais pourquoi dites-vous... la clôture... aux voix....

GILET.

Je ne sais pas, j'ai entendu les autres, j'ai fait comme eux.

DOUBLEHURE.

Je suis nouvellement élu, je ne connais pas encore les habitudes parlementaires, mais je m'y fais.

Air de l'*Oiseau bleu*.

On est une fleur d'ignorance,
La science n'fait pas le député
Plus on est nul, plus on a d'chance
D'être poussé par un comité
Mais, quand la victoire est complète,
On se trouve dans l'embarras
Ah ! dam, c'est qu'on est bien bête
On est bien bête quand on n'sait pas
Il faut se monter la tête
Pour risquer ses premiers pas
Mais une voix secrète
Vous répète tout bas
Mon Dieu, mon Dieu, qu'on est donc bête
Qu'on est donc bête quand on n'sait pas
Mon Dieu, mon Dieu, qu'on est donc bête

VICTOIRE, finissant l'air.

Que d'députés sont dans ce cas.

(Elle sort.)

DOUBLEHURE, à l'Avocate.

Je venais vous consulter.

GILET.

Moi aussi.

L'AVOCATE.

Expliquez-vous. (A Doublehure qui veut parler). Laissez parler, Monsieur.

GILET.

Moi, le laisser parler, jamais de la vie.

L'AVOCATE, à Gilet.

Eh bien! commencez.

DOUBLEHURE.

Alors j'interromperai.

GILET.

Je voudrais divorcer.

DOUBLEHURE

Pourquoi ça ?

GILET.

Je veux essayer de toutes les nouvelles inventions, ça me pose dans mon groupe. Quand je me suis marié, je me suis marié civilement; si jamais j'ai des enfants, je les ferai baptiser civilement.

DOUBLEHURE.

Mais si vous divorcez, vous ne pourrez plus en avoir.

GILET, dédaigneusement.

A quoi sert aujourd'hui une femme dans un ménage ?

DOUBLEHURE.

En voilà, une question ?

L'AVOCATE.

N'interrompez pas ou je vous rappelle à l'ordre.

GILET.

La femme dans un ménage, c'est un embarras. Connaissez-vous les couveuses artificielles antropomagiques du docteur Félegôss ?

L'AVOCATE.

Non.

GILET.

C'est une nouvelle invention.

DOUBLEHURE.

Une modification apportée à l'ancien scrutin d'arrondissement.

GILET.

Avec celà, on peut avoir une famille aussi nombreuse que celle de M. Trois-Étoiles, et sans se donner la moindre peine.

DOUBLEHURE.

Une peine, une peine.... Il appelle celà une peine.

L'AVOCATE.

Çà réussit-il au moins.

GILET.

Vous allez en juger, j'ai ma couveuse là. (Il prend un petit sac de voyage.) Vous allez voir dans cinq minutes... on peut avoir à volonté, des filles, des garçons, des jumeaux, des jumelles.

DOUBLEHURE.

Des jumelles... l'ingénieur Chevalier.

L'AVOCATE.

N'interrompez pas.

GILET, ouvrant le sac.

Tenez, vous allez voir.

(Il ouvre et sort un lapin blanc.)

DOUBLEHURE.

Air :

Tiens Ferdinand
Qu'a gagné l'lapin d'garenne
Tiens Ferdinand
Qu'a gagné l'lapin blanc

L'AVOCATE.

Vous n'allez pas le faire baptiser civilement celui-là ?

DOUBLEHURE.

A votre place, je le mettrais en loterie.

GILET.

C'est une idée. (S'adressant au public). Chers électeurs, on vous a donné en entrant un numéro de vestiaire.... Nous allons passer au scrutin.

L'AVOCATE.

Voilà mon loto.

DOUBLEHURE.

Tirez.

(L'avocate tire un numéro et le nomme. — On passe le lapin à la personne qui a le numéro gagnant.)

GILET.

Il y aura eu erreur à la gare, on m'a pris mon sac pour le désinfecter à cause du choléra, et on aura tout bouleversé.

L'AVOCATE.

Vous venez de Nîmes ou de Marseille ?

GILET.

Non, de Bondy.

DOUBLEHURE.

Vous avez eu peur du choléra ?

GILET.

Pas moi, mais ma famille.

Air des *Portraits de Famille*.

Depuis que j'suis honorable
J'suis un homme inviolable
Je me ris du traitement
Qu'inventa l'docteur Ferran
Qui qu'a peur du choléra ?
C'est papa.
Qui qu'en a peur tout autant ?
C'est maman.

Qui qui n's'en occupe guère ?
C'est mon frère.
Et qui qu'en a pas peur
C'est ma sœur.

DOUBLEHURE, dédaigneux.

Eh bien! votre couveuse... j'aime mieux l'ancien système, moi, je suis conservateur, je suis pour les vieux usages. Savez-vous ce que je reproche surtout, à vos inventions, c'est de manquer de gaieté; en France, ce qu'on aime, c'est la gaieté et le rire.

Air de la *Princesse de Trébizonde*.

Le rire est une bonne chose
Qui date de l'antiquité
Le père Adam, je le suppose
Savait c'que c'était qu'la gaieté.
Au Paradis, not'premier père
Aimait à rire ou je m'trompe guère
Car c'est le premier
Qu'a su placer
L'petit mot pour rire.

Joseph fut vendu par ses frères
Parce qu'il était resté jobard
Ne sachant que dire, que faire
Auprès de Madame Putiphar.
Alors comm'maint'nant le beau sexe
Aimait à rire, et dam, çà l'vexe
Quand on n'a pas
En pareil cas
Le p'tit mot pour rire.

Ce qui désolait Héloïse
Après l'accident d'Abeilard,
C'est qu'elle était toujours éprise
Alors qu'il n'était plus bavard.
Il ne trouvait rien à lui dire
Alors qu'elle n'd'mandait qu'à rire
Il restait muet
Parce qu'il n'avait
Plus le p'tit mot pour rire.

Si Pâris séduisit Hélène,
Si Priam eut plus d'cent enfants,
Si le Cid enjôla Chimène,
Si Jupiter a dans son temps
Captivé la brune et la blonde
Et semé des dieux dans le monde,
C'est qu'ces gens là
Dans ce temps là
Avaient le p'tit mot pour rire.

Pour que la France soit respectée
Dans le concert européen
Il nous faut une grande armée
Que chacun y mette du sien
Puisqu'il faut augmenter le nombre
Des soldats... travaillons dans l'ombre
Quand vient le soir,
Il faut avoir
Le p'tit mot pour rire.

GILET.

Je suis de son avis, mais il faut que je ménage mon comité, et ça me pose de demander le divorce.

L'AVOCATE.

Vous vous remarierez ?

GILET.

Oui, et voilà quelle serait mon idée.

Air de *Barbe-Bleue*.

Ma première femme était blonde
Je voudrais que la seconde
Fut une brune, cà me changera
Et si le diable me pousse,
La troisième sera rousse
Et je m'arrêterai là....
— Le divorce a d'l'agrément
Quand on aime le changement.

DOUBLEHURE.

Si vous voulez tout connaître,
Il ne faudrait rien omettre
J'vous conseille d'être le mari
D'une femme chauve un peu gaie
Il n'faut pas qu'çà vous effraie
Vous verrez, la chauve sourit.
— Le divorce a d'l'agrément
Quand on aime le changement.

POLICHINELLE, entrant vivement.

Moi, je vote toujours avec le Ministère. Je suis député, mon père était député, mon grand-père était député. — Avant 1830, nous étions tout ce qu'il y a de plus royalistes. Nous sommes devenus orléanistes. En 48, j'étais républicain, un peu plus tard, j'ai été bonapartiste, mais maintenant, je suis républicain et j'ai toujours voté avec les différents ministères qui se sont succédé. J'ai voté tout ce qu'on m'a demandé.

Air de l'*Amant d'Amanda.*

Moi, je vote tous les impôts
Sur le sel, les allumettes,
Sur les voitures, sur les chevaux,
Sur l'alcool et l'anisette
Et je n'f'rai pas de façons
Si l'on veut un jour que j'vote
L'impôt sur les vieux garçons
Ou sur les vieux fonds d'culottes.
Voilà, voilà comme on a
Des bureaux de tabac.

(Il sort sur la ritournelle.)

L'AVOCATE.

C'est en effet la politique, telle que beaucoup de gens la comprennent.

(Elle revient s'asseoir)

SCÈNE IV

L'AVOCATE, VICTOIRE.

L'AVOCATE.

Eh bien ! votre rapport avance t-il ?

VICTOIRE.

Oui Madame, ça avance, j'ai trouvé dans le livre de

cuisine, des renseignements qui m'ont bien servi à l'article barbe des capucins.

L'AVOCATE.

Je vois celà, vous en avez fait une salade.

VICTOIRE.

Et puis, il m'est venu une idée, je compte me présenter à la députation ou bien au Conseil municipal ; je voudrais changer le nom de quelques rues. Il y a bien dans Paris, l'avenue de la Grande-Armée, ça me va, la rue du Dragon, ça me va encore, le passage du Génie, avenue des Chasseurs, XVIIe arrondissement ça me va toujours, mais pourquoi n'y a-t-il pas la rue de l'Artilleur, la rue du Sapeur, la rue du Fantassin ? J'ai envie de parler de celà dans mon rapport.

L'AVOCATE.

Dans un rapport, on peut mettre tout ce qu'on veut. Vous avez peut-être un cousin dans la ligne.

VICTOIRE.

Un... j'en ai même plusieurs. J'appartiens à une grande famille.

Air : *J'aime les Soldats.*

J'en ai dans les chasseurs,
Dans les dragons, les artilleurs,
J'en ai dans l'infanterie,
Dans l'train et dans la cavalerie.

Y en qui font comme çà
Tara ta ta, tara ta ta
Y en a qui font tout le temps
Ran plan ! plan !

Dans le temps, y avait l'avenue Joséphine, çà m'allait, j'avais une cousine qui s'appelait Joséphine. Maintenant çà s'appelle l'avenue Marceau. Avez-vous connu Marceau ?

L'AVOCATE.

Non, c'était un général.

VICTOIRE.

Secrétaire général de la Banque de France, c'est lui qui signait les billets, il s'est retiré après fortune faite.

SCÈNE V

LES PRÉCÉDENTS, DUTREMPLIN.

DUTREMPLIN, éternuant.

Madame,... cher Maître... je ne sais trop comment dire ! Je viens vous demander un conseil ?

L'AVOCATE.

Asseyez-vous donc, je vous prie.

DUTREMPLIN.

Merci bien, mais je suis trempé, je dégoutte, j'endommagerais votre palissandre. (Il éternue.)

VICTOIRE.

Il devrait prendre de la tisane.

L'AVOCATE.

Que vous est-il arrivé ?

DUTREMPLIN.

Je sors d'un théâtre nouveau, et je ne suis pas content, je demande une indemnité, art. 1382 du Code civil.

L'AVOCATE.

Les pièces ne sont pas toujours bonnes, Monsieur, et les directeurs ne peuvent pas donner d'indemnité à tous les spectateurs qui ne sont pas contents.

DUTREMPLIN.

Voilà mon affaire, j'arrive à l'Eden, de la rue Rochechouart.

VICTOIRE.

Les arènes nautiques.

DUTREMPLIN.

Je ne voulais pas aller aux fauteuils d'orchestre parce que les dames ont des chapeaux trop haut, qui m'empêchent de voir; il n'y avait plus de place au balcon, on me propose une baignoire. J'accepte.... Qu'est-ce que vous auriez fait à ma place ?

L'AVOCATE

J'aurais accepté.

DUTREMPLIN.

J'enfile un couloir un peu sombre, l'ouvreuse me dit d'un air gracieux : « *Monsieur veut-il se débarrasser ?* » Moi qui n'aime pas les carottes, je la remercie, car je ne vois pas la nécessité de payer cet impôt indirect; on en paie bien assez d'autres. Elle ouvre la porte, je descends quelques marches, je glisse.... Madame, j'étais dans une vraie baignoire, j'étais dans l'eau, au milieu d'une famille entière, se livrant aux douceurs de la natation, le public se tordait de rire.

LA DOCTORESSE.

L'eau était-elle bonne ?

DUTREMPLIN.

Je l'ai trouvée mauvaise. Je suis trempé, j'ai de l'eau plein mes poches. (Il met la main dans sa poche et la retire vivement une écrevisse au bout du doigt. Quand il se retourne, il a une limande sur le dos, des herbes... il retourne son parapluie, il en tombe des carottes, un hareng saur.)

L'AVOCATE.

Tiens, vous venez de faire votre marché.... Mais ce n'est pas dans un bain chaud ou froid que vous êtes tombé; c'est dans le pôt-au-feu. — Voulez-vous un conseil ? (Victoire sort en emportant les légumes et les poissons)

DUTREMPLIN

C'est pour celà que je suis venu.

L'AVOCATE.

Eh bien ! une autre fois, s'il n'y a plus de fauteuils aux arènes nautiques, prenez un strapontin.

DUTREMPLIN.

Un strapontin... En voilà encore une invention... C'est la petite pelote que... Mais pourquoi les dames portent elles çà... C'est donc bien agréable ? Car pour être joli, ce n'est pas absolument joli.

L'AVOCATE.

C'est la mode.

DUTREMPLIN.

En effet, çà a toujours été la mode de s'ajouter des petits paquets tout faits.

Air : *A trente-cinq ans.*

Vers l'époque de dix-huit cent trente
Et jusqu'en dix-huit cent quarante
On avait la manche à gigot
C'était par en haut.
Puis, dans les premiers temps de l'Empire
On s'affubla, ça fit bien rire,
De la crinoline à falbalas
C'était par en bas.
Puis on mit çà dans la coiffure
Maintenant, c'est dans la tournure

Et que fera-t-on l'an qui vient?

L'AVOCATE.

Je n'en sais rien,

DUTREMPLIN.

Moi, je n'suis pas pour le postiche
Et je n'comprends pas qu'on s'entiche
De tous ces accessoires rococo
J'aime pas cà faux.

SCÈNE VI

LES PRÉCÉDENTS, POTACOL.

(Potacol s'approche de Dutremplin, et fait mine de coller sur son dos; il a un grand pot à colle, et un petit balai... en guise de pinceau.)

DUTREMPLIN.

Qu'est-ce que vous faites-là?

POTACOL.

Je fais mon métier, ce sont des affiches électorales, on m'a dit d'en mettre partout, sur tous les murs.

(Il va pour continuer.)

DUTREMPLIN.

Ah ça! voulez-vous bien me laisser tranquille.

POTACOL.

On m'a dit d'en mettre partout, sur tous les murs, vous êtes un homme mûr.

L'AVOCATE, remarquant le pinceau

Qu'est-ce que c'est que çà.

POTACOL.

Ah ! vous savez, pour ce qu'on donne à coller, c'est assez bon.

Air de *La Périchole.*

La colle
La colle
La colle
Il n'y a qu'çà
Tant que le monde existera
Il n'y aura qu'çà

En monarchie, en république
Si vous avez l'ambition
De réussir en politique
Sachez qu'en toute occasion
La colle, la colle, etc.

L'AVOCATE.

Qu'est-ce que vous avez donc là ?

POTACOL.

Ce sont les palmes académiques, c'est un de mes amis de collage qui me les a fait avoir.

L'AVOCATE.

Collège.

POTACOL.

Non, collage, du temps ou j'étais sous-préfet ?

L'AVOCATE.

Vous aussi, vous avez été sous-préfet ?

POTACOL.

Dame, comme tout le monde; voilà comment ça s'est fait : le député pour lequel je collais avait mis au dos de ma note le nom des candidats sous-préfets qu'il proposait au Ministre, le Ministre s'est trompé, il m'a nommé.

L'AVOCATE.

Et il vous a dégommé ?

DUTREMPLIN.

Pour un colleur c'est désagréable.

POTACOL.

L'année a été bonne, j'en ai collé partout des affiches électorales. Y a qu'une maison à Paris, où j'ai pas collé d'affiches... boulevard Malesherbes, une Maison bien décorée.

L'AVOCATE.

Des sculptures ?

DUTREMPLIN.

Vous n'y êtes pas.

L'AVOCATE.

Des dorures.

DUTREMPLIN.

Non,... à l'intérieur, je devine.

POTACOL, à Dutremplin.

T'es pas encore aussi humide que tu as l'air, l'humidité ne t'a pas gondolé.... Le propriétaire de cette maison est un homme libéral, pas intéressé.

Air : Chanson d'Adolphe, *Petit Faust*.

Il a pour ses locataires
De charmantes attentions
Il orne leurs boutonnières
Au lieu de r'faire les plafonds.
Le premier et le deuxième
Trois-six-neuf sont officiers,
Le troisième et le quatrième
Six-neuf-douze sont chevaliers,
Le cinquième qui se désole
D'voir augmenter son loyer
A le mérite agricole
Dont n'a pas voulu l'portier.

L'AVOCATE.

On dit pourtant que ce suisse
Possède une décoration
Et qu'il a pour ses services
Obtenu le Grand-Cordon.

POTACOL.

Il donne du matin au soir cet homme là, on le cite pour sa générosité :

Le matin, il donne un coup de sonnette et donne à son valet de chambre l'ordre d'ouvrir les rideaux.

Puis il lui donne cinq minutes pour le raser.

Il lui donne son menton.

Et comme la barbe est dure, il lui donne beaucoup de mal.

DOUBLEHURE.

En voilà un qui a déjà reçu beaucoup de choses.

POTACOL.

Après celà, il donne audience.

Et donne le bonjour à pas mal de gens.

Il donne des chefs à l'armée.

Il donne un mari à sa fille.

Il donne un nom d'amitié à sa femme.

Si elle est malade, il lui donne un remède. (Réflexion.)

DOUBLEHURE.

On cite, en effet, des personnes auxquelles il a donné dans l'œil.

POTACOL.

Le soir il donne l'acquit au billard.

Et s'il fait une charade, il la donne *en 5 à deviner.*

A 10 heures, il donne le signal.

Enfin, il donne le bonsoir.

Sans compter qu'un jour ne sachant plus que donner, il donna le front contre une porte.

Y a qu'un jour cette année où j'ai pas travaillé.

L'AVOCATE.

Ah !

POTACOL.

Le jour des obsèques de Victor Hugo.

L'AVOCATE.

Ah ! vous vous êtes recueilli ce jour là.

POTACOL.

Oh ! non.

L'AVOCATE.

Vous faisiez partie d'une députation.

POTACOL.

Non, ce n'est pas çà ; j'ai porté mon échelle double au bord du trottoir, et j'ai fait payer 20 francs aux dames qui voulaient voir passer le cortège.

L'AVOCATE

Vous avez fait une bonne journée ?

POTACOL.

Et puis je me suis amusé, c'était rien rigolo.

L'AVOCATE.

Racontez-moi donc çà.

POTACOL.

Oh ! c'qu'on était recueilli !

Air du *Postillon de Longjumeau.*

Ah ! qu'c'était beau
Qu'c'était beau } *bis*
La fête de Victor Hugo.

Je n'sais pas si c'était le poète
Ou l'homm' politique qu'on fêtait,
Mais il y avait là plus d'une bonne tête
Dans tout l'populo qui suivait
Y avait des gymnastes, des scolaires
Mais c'que j'ai remarqué surtout
C'était, au milieu de ses confrères,
La secte des Beni-Bouffe-Tout.

Ah ! qu'c'était beau, etc.

Parlé. — Personnellement, je n'ai rien vu, j'étais sous mon échelle, mais je n' m'ennuyais pas.

La première de mes locataires
Avait un fort joli mollet
La deuxième avait des jarretières
Roses, tirant sur le violet. (C'était plus deuil.)
La troisième avait d'la dentelle
Tout autour de son pantalon
Les deux autres avaient une ombrelle
(Changeant de ton solennellement.)
On l'a conduit au Panthéon.

Ah ! qu'c'était beau, etc.

Sans compter que pour fêter l'anniversaire, va y avoir un cortège encore cette année, la fête de l'industrie Parisienne.

L'AVOCATE.

Vous allez encore faire de bonnes affaires.

POTACOL.

Je l'espère.

L'AVOCATE.

Vous êtes un *homme habile.*

POTACOL.

Mabille, ah! tenez voilà encore un vieux souvenir qu'on a démoli cette année.

DUTREMPLIN.

Et on y était à sec plus facilement qu'aux arènes nautiques.

L'AVOCATE.

Mais quelle musique, Monsieur!!! Dieu que c'était commun.

POTACOL.

C'était commun, c'était vil, si vous voulez, mais... il s'y formait là des hommes politiques.

Air de Nadaud : *Reines de Mabille.*

Mais à ces vils sons
A ces joyeux flonflons
On apprenait gaîment
Les éléments d'un bon gouvernement

Combien de gens ont passé par Mabille
Vieux sénateurs ou futurs députés
Venant étudier dans ce riant asile
Le culte de toutes les libertés.
    On riait, on chantait,
    On se moquait du guet,
    Et le municipal
S'amusait bien et n'trouvait pas çà mal

La politique s'apprenait là sans cesse
Les plus osés propos étaient admis,
On y vit même la liberté de la presse
Certain samedi, veille de Grand-prix.
    Les projets les plus fous,
    Les serments les plus doux,
    S'échangeaient en dansant.
Aux gais accents d'un orchestre entrainant

L'étudiant qui s'amusait naguère
Et qui dansait en face Mogador,
Fait partie aujourd'hui du Ministère
Demain, peut-être sautera-t-il encor
    Tout grand homme d'État
    Sait faire un entrechat
    Et venait là souvent
Jusqu'à ce qu'il soit du gouvernement.

C'était la danse que l'on trouvait trop libre
On admirait alors le grand Chicard
Aujourd'hui, par un défaut d'équilibre,
C'est le budget qui fait le grand écart.
    Souvenir du passé
    Vous êtes effacé
    Des maisons de rapport
Remplacent le temple de Mogador.

Au Public. — Je me recommande à vous :

Potacol, entrepreneur de collage, ne confondez pas avec Sapho.

DUTREMPLIN.

Donnez-moi donc votre adresse ? Je ne dis pas qu'un jour, je n'aurais pas besoin de vous !

L'AVOCATE.

Vous avez peut-être raison, car

La colle, la colle, etc.

SCÈNE VII

L'AVOCATE, LA DAME DE NANTERRE.

LA DAME, entrant brusquement.

Ah ! Madame, si vous saviez ce qui m'arrive !

L'AVOCATE.

Qu'y a-t-il Madame, asseyez-vous, je vous prie.

LA DAME, s'asseyant.

Madame, voilà la chose, les compagnies de chemins de fer ont installé dans les compartiments des sonnettes d'alarme.

L'AVOCATE.

Qui ne marchent jamais.

LA DAME.

Mais si, Madame, il y en a qui marchent et même qui marchent trop bien ; et c'est de celà que je viens me plaindre.

L'AVOCATE.

Celà devient assez délicat.

LA DAME.

Quand doit-on sonner ?

L'AVOCATE.

Quand on a besoin de secours.

LA DAME.

Madame, je suis née native de Nanterre, j'ai été couronnée rosière à trois reprises différentes, hier j'ai été prendre le train pour Orléans. Et voilà ce qui m'est arrivé.

Air des Gendarmes : *Geneviève de Brabant.*

A peine si l'train quitte la gare
Mon voisin qui lit son journal
S'permet d'allumer un cigare
J'lui dis que l'tabac m'fait mal
Il me répond : l'cigare me charme
Si çà vous gèn' çà m'est égal,
Alors je sonne la cloche d'alarme
Le train s'arrêt' subitement
Mais, pour sonner la cloche d'alarme,
Parait qu'c'était pas suffisant

L'employé m'dit d'un air sévère
Çà va vous coûter cinq cents francs
Il n'faut sonner, ma p'tit'mère,
Que dans les cas les plus pressants
Prenez d'l'eau de Mélisse des Carmes
Si vous trouvez l'tabac gênant
Mais n'sonnez pas la cloche d'alarme
Pour faire arrêter subitement
Pour sonner la cloche d'alarme
Le cas n'est pas suffisant

Le train repart, je baisse les glaces,
Afin de donner un peu d'air
Mais mon voisin dit qu'cà l'agace
Et qu'il a peur des courants d'air
Il s'empresse de fermer les glaces
Je vais me trouver mal, c'est clair
Alors je tir' la cloche d'alarme
Et je vois reparaîtr' l'agent
Qui me dit en riant aux larmes
C'était pas suffisant.

Nous repartons, je r'prends ma place,
Mon voisin m'dit la bouche en cœur
Madame, il faut que j'vous embrasse,
Car vous ressemblez à ma sœur.
Moi, je tremble de son audace
Et je me sens prise de peur
Alors je sonne la cloche d'alarme
Je m'dis çà doit doit être suffisant
Mais pour sonner la cloche d'alarme
C'était pas suffisant

LA DAME.

Cela m'a coûté 1500 francs.

L'AVOCATE.

Voilà un voyage qui revient cher.

LA DAME.

Air de *La Mascotte.*

Mais si çà coûte si cher que çà
Qand est-ce qu'on sonnera } *bis*

Je suis bien décidée à demander des dommages-intérêts à la Compagnie.

L'AVOCATE.

Cela serait juste en effet.

LA DAME.

Et puis une indemnité, j'ai perdu mon sac de voyage dans la bagarre. Je vais retourner à Nanterre, bien que maintenant Nanterre n'ait plus beaucoup de charmes pour moi.

L'AVOCATE.

Et pourquoi celà ? Madame.

LA DAME.

On a supprimé les pompiers.

L'AVOCATE.

Vraiment ?

LA DAME.

Oui, les pompiers sont licencieux. (Se reprenant)

licenciés... je voudrais former devant le conseil d'État un recours pour excès de pouvoirs.

L'AVOCATE.

Je ne vous le conseille pas, il y a un défaut d'intérêt.

LA DAME.

Comment... un défaut d'intérêt, mais Nanterre sans pompiers, c'est un rosier sans fleurs, une journée sans soleil, une horloge pneumatique sans aiguilles.

L'AVOCATE.

Ce qui s'est présenté assez souvent cette année.

LA DAME.

Une rosière... (On entend chanter dans la coulisse.)

Laissez les enfants à leur mère,
Laissez les roses aux rosiers,
Laissez les pompiers à Nanterre.
Laissez les rosières aux pompiers.

Ayez pitié d'un pauvre malheureux.

LA DAME.

Je vais lui jeter un sou.

SCÈNE VIII

LES PRÉCÉDENTS, LE ROI DE BAVIÈRE.

LE ROI DE BAVIÈRE, entrant.

Air des *Deux Aveugles* (Offenbach).

Dans ma pauvre vie malheureuse
Sans Wagner, plus de bonheur
Toujours dans une détresse affreuse
Ah ! combien que j'ai de malheur.
Que les charitables personnes
Donnent une obole au malheureux,
Le Roi de Bavière, à qui qu'on fait l'aumône
N'est point z'un faux né, un faux né,
N'est point un faux nécessiteux.

L'AVOCATE.

Mais, mon garçon, on ne s'introduit pas ainsi dans les maisons, vous êtes un vagabond.

LE ROI.

Je suis le roi de Bavière.

L'AVOCATE.

Qu'est-ce que vous faites ?

LE ROI.

Je tire le diable par la queue. Après avoir fait faire de la musique à ma cour. (Il se découvre) J'en fais dans les cours des autres.

L'AVOCATE.

Ce n'est pas un métier.

LE ROI.

J'ai d'abord été cocher de fiacre, à Venise.

L'AVOCATE.

Vous n'avez pas causé d'accidents?

LE ROI.

Si, jai trouvé moyen... Mais j'ai quitté Venise parce qu'on m'a dit qu'on allait jouer *Lohengrin*, à Paris.

LA DAME.

A l'Alcazar d'hiver.

L'AVOCATE.

Alors, vous êtes cocher à Paris.

LE ROI.

Je suis à pied pour le quart d'heure. J'ai eu une première contravention parce que j'ai traversé le pont des Arts, avec ma voiture... et puis une seconde, parce que je n'étais pas à 70 centimètres du trottoir.

LA DAME.

Oui, la nouvelle ordonnance du Préfet.

LE ROI.

M'en parlez pas. Tous les matins, l'préfet, M. Grognon

se dit en se réveillant : « Qu'est-ce que je pourrais bien faire pour embêter les cochers de fiacre. »

L'AVOCATE.

Respectez l'autorité.

LE ROI.

J'ai eu une troisième contravention parce que j'ai dit des gros mots à un client qui trouvait que je ne prenais pas le plus court.

L'AVOCATE.

Comment! on vous a poursuivi pour avoir injurié des clients.

LA DAME.

C'est invraisemblable.

LE ROI.

Voilà comment ça s'est passé ; en manière de plaisanterie, j'ai dit au sergent de ville : « Miteux, tu sens l'eau de Cologne. »

L'AVOCATE.

Ce n'est pas une injure de dire qu'on sent l'eau de Cologne,

LE ROI.

Au contraire, mais c'est un nouveau président qui m'a

jugé, un ancien député qui a été nommé récemment... M. Margue.

L'AVOCATE.

Tout s'explique.

LE ROI.

Quand j'ai été condamné je n'ai dit qu'un mot. Mer. . ci ?

J'vais vous dire, c'est que j'avais mon idée. Toutes les fois que je suis pris à l'heure, je passe par la rue Montorgueil, mon épouse morganatique est caissière chez un fabricant de sangsues dans cette rue ; j'lui dis bonjour en passant... Tenez tout à l'heure pour venir venir de la place de la Concorde, à la rue Magellan, 1, savez-vous le chemin que j'ai pris ?

LA DAME.

Les Champs-Élysées, tout droit.

LE ROI.

J'ai pris la rue de Rivoli, les Halles, la rue Montorgueil, les boulevards jusqu'à la Madeleine et le boulevard Malesherbes.

L'AVOCATE.

Et on vous a donné un pourboire ?

LE ROI.

Tout d'même, c'est si naïf le bourgeois, et sans

compter que les petites rues sont les meilleures pour les accidents, ce sont les plus petites qui font le plus d'embarras.

SCÈNE IX

LES PRÉCÉDENTS, RODRIGUE.

RODRIGUE.

Madame, je suis Rodrigue.

LA DAME.

Le couturier ?

RODRIGUE.

Non ! le futur de Chimène. Vous ne savez pas ce qui m'est arrivé ?

L'AVOCATE.

Vous avez tué don Gormas.

LA DAME.

Encore un assassinat en chemin de fer !

RODRIGUE.

Comment ! cela se sait déjà. Ce que je suis vexé ! ça va joliment retarder mon mariage après Pâques. Avez-vous vu Chimène ?

L'AVOCATE.

Non.

RODRIGUE.

Elle me cherche sans doute... Ciel ! la voilà ?

LA DAME, à l'Avocate.

J'ai envie de m'en aller.

L'AVOCATE.

Non vous *Devriés-Reské*.

SCÈNE X

(Chimène arrive par le fond de la salle, Trémolo à l'orchestre. Récitatif.)

CHIMÈNE.

Le comte de Gormas a mordu la poussière
Et çà l'a fait mourir. Le comte était mon père.
J'ai vu couler son sang
De son généreux flanc.
Le concierge m'a dit
Le Meurtrier, Mam'selle, il est ici.

Air des *Cloches de Corneville*.

J'regarde par ci
J'regarde par là } *bis*
Je n'vois pas l'assassin d'papa.

Je vois des femmes charmantes
En toilettes ravissantes
Mais ces dam's là
N'ont pas tué papa

Y en a de brunes, y en a de blondes
Y en a de minces, y en a de rondes
Ell's ont beaucoup de goût
Mais je n'vois pas du tout
De c'côté-ci
De c'côté-là
Quel est l'assassin d'papa.

(Elle interroge différents Messieurs.)

Ce n'est pas vous, c'est pas toi.
(Apercevant Rodrigue.) Tu ne dis rien... c'est toi. (Elle enjambe la scène.)
Le scélérat, déjà, consulte son avocat.

L'AVOCATE, à part.

Je pensais que Chimène viendrait lui faire une scène.

CHIMÈNE, au Roi.

Sire, je demande justice.

LE ROI, à Rodrigue.

Tu vas partir, mettre le Maure à mort.

RODRIGUE.

Ciel ! Te quitter ! Chimène !

CHIMÈNE.

N'es-tu pas espagnol ?

RODRIGUE.

Oui, je suis espagnol.

Air des *Brigands*.

Y a des gens qui se disent espagnols
Et qui ne sont pas espagnols
Nous sommes de vrais espagnols
Çà nous distingue des faux espagnols.

CHIMÈNE.

Eh bien ! si tu es espagnol, pars !

RODRIGUE.

Je partirai Chimène —Ta main ? (Elle lui donne une main tenant à un bras en carton, dissimulé sous sa mantille et s'en va.) Adieu, Rodrigue.

L'AVOCATE.

Elle l'aime encore, elle lui a donné sa main.

LE ROI.

Je vous quitte, je suis convoqué à midi, pour une heure, à une cérémonie : le crémier chez lequel je déjeune....

L'AVOCATE.

Ah ! il vous a invité à déjeuner.

LA DAME.

Vous avez peur que ça refroidisse.

LE ROI.

C'est pas çà, il est mort, et on va le crémer.

L'AVOCATE.

Un crêmier crémé.

RODRIGUE.

Un crêmier, crémé, crématin.

L'AVOCATE.

Comment celà se passe-t-il ?

LE ROI.

Vous prenez un sapin.

LA DAME.

A l'heure ou à la course ?

RODRIGUE.

Je vous recommande le 117.

LE ROI.

Un sapin, un arbre ; un fiacre çà ne marcherait pas.

L'AVOCATE.

C'est juste, on n'a jamais vu un fiacre brûler... le pavé.

LE ROI.

Ça durera deux heures.

RODRIGUE.

C'est un dur a cuir votre crêmier.

LE ROI.

Après çà, on le mettra dans l'urne.

L'AVOCATE.

C'est comme pour les élections.

LE ROI, saluant.

Mesdames... j'ai bien l'honneur.

RODRIGUE, solennel.

Malheureux roi, sur toi le sort s'acharne.
Pas bien loin de Paris, sur le bord de la Marne
Il est un beau pays, tout près du confluent
Où tu pourras rêver, tranquille en ton tourment
De ton royal ami. Pour un prix fort modique,
On te soignera bien. Une boîte à musique
Te jouera constamment des airs de l'*Œil crevé*.
Par ce moyen, mon vieux, tu seras préservé
Tu causeras souvent avec le docteur Blanche
En entendant chanter les oiseaux sur la branche
Tranquille et reposé, dans un frais cabanon
D'où tu contempleras le pont de Charenton.

L'AVOCATE, au Roi.

Je vais vous donner un conseil, tâchez de ne pas vous faire condamner de nouveau; la loi sur les récidivistes est enfin votée.

LE ROI.

Oh! ce n'est pas ça qui m'empêcherait d'aller là-bas, c'est un vrai pays de Cocagne.

LA DAME.

Non, pays de coquins.

Air du *Grand Mogol*.

Dans ce beau pays de coquins
On coule très gaîment la vie
C'est bien charmant l'île des Pins
En Nouvelle-Calédonie.

Le gouvernement leur paiera
Largement les frais du voyage.
Monsieur Grévy les pleurera
S'ils viennent en route à faire naufrage.
Les habitants de ce pays-là
Aiment dit-on beaucoup leurs semblables
Peut-être qu'on leur offrira
La première place à leur table.
Dans ce beau pays, etc.

LE ROI, revenant.

Madame, j'ai croisé dans l'antichambre un Monsieur qui vient de chez M. Loyal, un moliériste.

L'AVOCATE.

Je sais, c'est M. Loyal, de la Comédie-Française.

SCÈNE XI

LES PRÉCÉDENTS, LE CLOWN, il entre.

L'AVOCATE.

Tiens, ce n'est pas le même que ce matin.

LE CLOWN.

Miousique, miousique.

L'AVOCATE.

L'autre disait au contraire qu'il ne voulait pas de musique. Je croyais... *Ma ce n'est pas çà.*

LE CLOWN.

Miousiquo.

L'AVOCATE.

Ce doit-être de la part de M. Loyal du cirque.... Mais vous vous disiez moliériste.

LE CLOWN.

Oh ! yes ? cirque Mollier.

L'AVOCATE.

Et celà vous est égal, qu'on ait mis de la musique sur les vers de Corneille.

LE CLOWN.

Absolument indifférent.

L'AVOCATE.

Et qu'est-ce que vous faites à ce cirque ?

LE CLOWN.

Je jongle, je fais de la prestidigitation, des tours d'adresse et quand vient l'époque des élections, je suis scrutateur.

L'AVOCATE.

A cause du souper.

LE CLOWN.

Il est vrai qu'il y a à boire et à manger là-dedans, et que ce n'est pas toujours M. Loyal qui dirige les exercices.. . C'est en qualité de prestidigitateur.. qu'on me choisit pour dépouiller.

L'AVOCATE.

Les gens.

LE CLOWN.

Non, le scrutin.

L'AVOCATE.

Fort bien....

(Dans la coulisse, air du *Pont-d'Avignon.*)

L'AVOCATE.

Mais qu'est-ce.

LA DAME.

Voilà deux pauvres vieux qui ont bien de la peine à se soutenir.

RODRIGUE.

C'est le Pont-Neuf et la porte Saint-Denis.

LE CLOWN.

Il faut qu'ils soient bien malades pour être arrivés à se rencontrer.

SCÈNE XII

(Le Pont-Neuf tâche d'être galant, mais la Porte-Saint-Denis le repousse.)

Air : *Mademoiselle, écoutez-moi donc.*

Mademoiselle, appuyez-vous donc
Un peu sur mon bras, croyez pas qu'çà m'gêne
Mademoiselle, appuyez-vous donc
Quoiqu'un peu cassé, je suis encor bon.

— Non, Monsieur, je n'm'appuierai pas
Vous aimiez jadis la Samaritaine
Non, Monsieur, je n'm'appuierai pas
En m'appuyant trop, j'ferais des éclats.

— Mademoiselle, appuyez-vous donc
Vous aimez peut-être le Nègre d'en face
Mademoiselle, appuyez-vous donc
Sans vous occuper de ce négrillon.

— Non, Monsieur, je n'vous écout' pas
Peu m'import' vraiment que le Nègre s'agace
Non, Monsieur, je n'vous écout' pas
Quand il me fait d'l'œil, je ne le vois pas.

— Mademoiselle, écoutez-moi donc
J'admire les sculptures de votr' façade
Mademoiselle, écoutez-moi donc
J'vais être remis à neuf avec du béton

— Non, Monsieur, je n'vous écoute pas
Je ne me moque pas mal de votr' sérénade
Non, Monsieur, je n'vous écoute pas
Vous n'êtes maintenant qu'un tas de gravats.

— Mademoiselle, écoutez-moi donc
J'voudrais dire deux mots au Roi Louis quatorze
Mademoiselle, écoutez-moi donc (Reçoit une giffle).
Sacrédié, Mam'selle, j'vous d'mande bien pardon

L'AVOCATE.

Il fallait vraîment que vous fussiez bien malades pour vous rencontrer tous les deux.

PORTE-SAINT-DENIS.

C'qui m'vexe, c'est de voir que ma voisine la porte Saint-Martin continue à bien se porter.

RODRIGUE.

C'est une porte qui se porte bien.

L'AVOCATE.

Pauvre Pont-Neuf, c'est presque un ami pour les avocats.

PONT-NEUF.

Jamais, Madame, je ne retrouverai les beaux temps de ma jeunesse.

Air des *Comédiens*.

Dans le beau temps de mes jeunes années
Je me moquais du vieux pont d'Avignon
Je suis puni, mes gloires sont passées
Pauvre Pont-Neuf, tu n'es plus qu'un vieux pont

Jadis, au temps de mes splendeurs naissantes,
Rien n'était plus gai que mon terre-plein
De beaux messieurs et des femmes charmantes
Venaient me voir et rire à Tabarin.

Les gloires de la France étaient les miennes
Pour honorer nos drapeaux victorieux,
Combien de fois les fêtes parisiennes
Sur le Pont-Neuf ont allumé leurs feux.

Je suis heureux quand l'nouvel an commence
De voir passer la Cour, les Magistrats,
Et mon vieux cœur se réjouit d'avance
De voir aussi l'Ordre des Avocats.

Mais le temps fuit et bientôt dans la Seine
Le pauvre pont aura fait un plongeon
Il ne restera, l'époque est prochaine
Que les couplets dont il porte le nom.

L'AVOCATE.

Ne pleurez pas tant que çà, vous allez inonder la scène.

PONT-NEUF.

Je demande la mise en accusation de Ducerceau.

LE CLOWN.

Où est-il Ducerceau ?

L'AVOCATE.

Qui est-ce Ducerceau.

PONT-NEUF.

C'est mon architecte.

L'AVOCATE.

Rassurez-vous, mes braves gens, on vous rajeunira, croyez-m'en.

RODRIGUE, au Pont-Neuf

Il est nécessaire que vous receviez une pile une bonne pile, et nous ne pouvons mieux faire que de demander un *petit coup de main*.

RODRIGUE, au public.

Air d'*Orphée*.

Mesdames, il lui faut une pile
Ou son trépas est trop certain
Je crois qu'il serait utile
De nous donner un coup de main
Frappez fort, frappez fort. etc.
Ah ! frappez toujours, frappez encore.

PONT NEUF.

Ce malheureux roi de Bavière
A perdu le boire et l'appétit
Depuis qu'Wagner est dans sa bière
Il trouve qu'on n'fait plus d'bruit.
Frappez fort, etc.

LA DAME.

Sous un long tunnel, le train passe
Et le bec de gaz s'est éteint
V'là qu'un voyageur vous embrasse
Ne faites pas arrêter le train.
(Geste d'une claque).
Frappez fort, etc.

VICTOIRE.

Ne comptez pas sur les gendarmes
Quand vous êtes en danger
N'sonnez pas la cloche d'alarme
Et commencez par taper.
Frappez fort, ete.

LE ROI.

Un ministère dégringole
Il ne saurait aller bien loin
Il lui faudrait un coup d'épaule
On lui donne un coup de poing
Frappez fort, etc.

LE CLOWN.

C'est pas pour faire un' réclame
Mais le r'mède universel
Pour les messieurs et pour les dames.
C'est les Pastilles Géraudel
Frappez fort, etc.

L'AVOCATE.

Vous arrivez chez l'avocate
A la porte de son cabinet
C'est une affaire délicate
Il faut frapper, c'est plus discret.
Frappez fort, etc.

14925 — Noailles, 2, Place du Caire

www.ingramcontent.com/pod-product-compliance
Ingram Content Group UK Ltd.
Pitfield, Milton Keynes, MK11 3LW, UK
UKHW021013200726
13857UKWH00004B/1434

9 782013 032803